DE
LA RÉGENCE

A L'OCCASION DE

LA MORT DU DUC D'ORLÉANS,

PAR P. M. ROZIER,

AUTEUR DES CONSIDÉRATIONS SUR L'ÉTAT SOCIAL DES FEMMES, LEUR APTITUDE A
L'EXERCICE DE LA MÉDECINE ET LE TAUX DE LEURS SALAIRES.

PARIS

A. RENÉ ET Cᵉ, IMPRIMEURS-ÉDITEURS,

32, RUE DE SEINE.

1842

DE LA RÉGENCE

A L'OCCASION DE

LA MORT DU DUC D'ORLÉANS.

La mort soudaine du duc d'Orléans est venue rappeler à la France qu'il existe une lacune dans la Charte, car le pacte constitutionnel est muet à l'égard de la régence.

De bons esprits ont hésité à se prononcer sur la question de savoir si la législature ordinaire avait le droit de constituer la régence. Sans examiner cette question, dont l'importance est facilement sentie, nous pensons qu'il serait peut-être regrettable de ne pas la soumettre à l'examen d'un pouvoir constituant, qui pourrait décider avec une pleine autorité, par exemple, que la régence sera élective, et que désormais les femmes en seront investies, comme les hommes.

En effet, quelles objections réellement fondées élèverait-on aujourd'hui, pour exclure la régence ou même la royauté des femmes ? Qui oserait contester, nier la valeur morale de la femme, ses puissantes qualités, et prétendre qu'elle est inférieure à l'homme ?

Si nous jetons un coup d'œil rétrospectif sur l'histoire, nous voyons les femmes grecques et romaines exercer, sous le nom de Pythies et de Vestales, une véritable suprématie religieuse. Elles jouirent à Lacédémone des droits politiques les plus étendus. Eh ! que de femmes illustres ont traversé les siècles jusqu'à nous, en laissant les traces d'un génie supérieur et du plus sublime dévouement à la cause des peuples !

Mais, sans vouloir que, de nos jours, les femmes soient admises à partager toutes les fonctions dévolues aux hommes, nous les croyons dignes de tenir le sceptre de la royauté.

Des femmes règnent en Angleterre, en Espagne, en Portugal. Les nations à la tête desquelles elles se trouvent placées ne sont certainement pas plus mal gouvernées que les peuples qui ont un homme pour empereur ou pour roi.

En Angleterre, le Protecteur Cromwell a

été de tous les rois le seul homme vraiment grand, le seul digne de sa haute mission. La royauté des femmes assises sur le trône de cette même Angleterre a brillé du plus grand éclat. Des faits mémorables, des traits de génie, d'héroïsme, ont signalé leur règne. N'a-t-on pas dit avec vérité que, sans les femmes, l'histoire d'Angleterre serait un fléau pour la mémoire; que, sans les reines anglaises, il n'y aurait pas de poésie nationale?

Qui a pris rang parmi nos premiers écrivains, et contribué avec eux à fixer la langue en France? une femme, Mme de Sévigné.

Une femme grecque fut le premier statuaire.

Parlerons-nous des femmes qui honorent notre siècle par leurs écrits, de celles dont notre révolution a fait éclater les sublimes caractères? Mais elles ont conquis tous les suffrages!

Si l'intelligence unie à la force est le partage des hommes, les femmes ont pour apanage l'intelligence qu'accompagnent la grâce, la douceur, l'amour et toutes les passions qui vivifient et ennoblissent l'humanité.

La monarchie dût-elle recevoir une nouvelle consécration, nous saluerions avec bonheur la venue d'une femme sur le trône de France. Nous considérerions cet événement comme le présage d'une régénération morale, ou peut-être comme la continuation du mouvement opéré par nos pères en 89, et qui avait fait naître la sincérité dans les âmes, la conviction dans les esprits, le désintéressement dans les cœurs.

Voilà les sentiments qu'une femme, au cœur haut et noble, saurait inspirer. C'est par sa présence, par l'autorité de son nom vénéré, que les caractères s'épureraient, se dégageraient de cet alliage qui entretient l'égoïsme, la corruption, l'amour effréné des richesses chez une nation comme la nôtre, si facile à s'impressionner par l'exemple.

La philosophie, la vraie philosophie, celle qui est pourvue de puissance organique, développerait peut-être alors ses germes féconds au sein de notre société, et nous quitterions cette voie où se plongeait le grand siècle, comme on l'appelle, qui, avec de l'or, tenait à sa suite l'armée des écrivains et des artistes.

Abrogeons donc la loi salique, qui n'a plus d'autorité qu'en France. Son application nous ferait rétrograder de plusieurs siècles, elle nous nuirait dans l'esprit des autres peuples, et consacrerait une flagrante injustice. En nous y attachant, nous justifierions cette opinion des étrangers, qui nous regardent, malgré notre apparente mobilité, nos velléités de progrès, comme un des peuples les plus soumis à la routine, les plus retardataires (1) et les moins disposés à l'innovation, au perfectionnement, fruits de l'étude du passé et de l'expérience contemporaine.

Les constitutions politiques, les systèmes de gouvernement, ne sont pas sans influence sur l'avenir des peuples. Aussi importe-t-il de leur donner pour base les principes d'équité, de raison et de justice. C'est protégés par de bonnes institutions, que les génies supérieurs, les courages élevés, se forment et achèvent leur développement.

L'influence du gouvernement se fait surtout sentir en France, où la plupart des esprits sont tournés vers le trône, comme s'il était la source

(1) L'état de la France, quant à ses voies de communication, à ses chemins de fer surtout, est bien propre à faire accréditer une pareille opinion. Les Cosaques eux-mêmes nous devancent dans l'établissement des chemins de fer.

de toutes les grâces , de toutes les faveurs, le rayon lumineux qui éclaire et embrase, le guide qui dirige, le phare qui préserve de tous les écueils.

L'organisation administrative établie par Napoléon en vue du despotisme , et depuis continuée , étendue sans mesure, enchaîne aussi à son action presque tous les citoyens.

Plaçons une femme supérieure au faîte de la société, comme le modèle le plus sûr à imiter, comme le centre d'attraction inspirateur des plus nobles et des plus généreuses passions. Si l'intelligence et la raison sont nécessaires pour gouverner les peuples, ils ont aussi besoin d'être dirigés avec le cœur. Ne voyons-nous pas ici la véritable mission de la femme , elle si éminemment douée de sentiment et d'amour?

Nous devons trouver dans un gouvernement un moyen de perfectionnement moral et physique, un appui éclairé.

On a dit de notre époque qu'elle était mesquine et rampante. Craignons qu'elle ne soit aussi sans mœurs et sans vertu.

Pour contribuer à sa régénération, donnons

un pouvoir plus étendu aux femmes, reconnaissons hautement leur véritable influence, admettons-les au partage des fonctions qui leur permettraient de donner un essor utile à tout ce qu'il y a de beau, de généreux, d'élevé dans leur nature. Elles ont un sentiment plus vrai, plus profond de la justice que les hommes, car elles ne se fient pas, comme eux, aux conseils de leur entendement, sans qu'ils aient subi la sanction de leur cœur.

Si nous abordons maintenant les raisons que jusqu'ici on a opposées à l'intervention des femmes dans le gouvernement de l'Etat, ou plutôt à leur nomination comme Régentes, nous croyons qu'elles peuvent être, sans beaucoup d'efforts, victorieusement repoussées.

Tout le monde se plaît à reconnaître les hautes qualités de cœur et d'esprit de la duchesse d'Orléans. Pourquoi donc ne serait-elle pas investie des fonctions de Régente, si la vacance du trône laissait le roi dans un état de minorité ?

Mais on dit qu'en France l'esprit militaire ne s'accommoderait pas d'une femme sur le trône; qu'on aime à voir le chef de l'État se mêler à l'armée ; que l'attitude toute militaire des puissances étrangères est aussi un motif qui doit faire préférer un homme à la tête du gouvernement.

Cependant l'esprit guerrier est aujourd'hui fort peu ardent chez la plupart des Français. Le métier de soldat n'est plus, pour ainsi dire, que le lot de celui qui ne peut s'en affranchir. Malgré les apparences belliqueuses qui semblent régner chez les étrangers, pouvons-nous nier la tendance pacifique de presque tous les peuples, le génie industriel de l'époque ? La gloire militaire a beaucoup perdu de sa puissance : ce n'est plus le talisman qui nous emportait vers les conquêtes de l'Empire. L'amour de la liberté, de l'indépendance, le respect des vertus civiles, le dévouement à l'humanité, voilà les sentiments qu'il convient d'inspirer et de fortifier dans toutes les âmes.

Une attitude digne, fière sans être blessante pour les étrangers ; une démonstration armée sur le Rhin, imposante sans provocation, suffiraient aujourd'hui pour obtenir le respect des peuples, la sécurité et la confiance dans nos relations extérieures. Eh bien, une femme

placée à la tête du gouvernement ne parvien-
drait-elle pas, comme un homme, à de sembla-
bles résultats?

Mais, s'il fallait combattre, oublions-nous l'é-
nergie, la résolution dont les femmes sont
capables dans les circonstances difficiles?
L'histoire de toutes les nations n'offre-t-elle
pas les plus grands exemples de leur dévouement, de leur courage héroïque?

On a dit que la presse, qu'on appelle une
reine constitutionnelle, ne verrait pas d'un bon
œil l'autorité suprême déposée entre les mains
d'une femme, parce que ce serait, pour ainsi
dire, un frein à ses allures quelquefois par trop
excentriques. Mais si, en effet, certains journaux
se livrent à des écarts qui blessent le goût et la
raison, ne serait-ce pas déjà un immense avan-
tage que de les ramener, par la présence d'une
femme, à un ton plus réservé, et de les obliger à
une polémique honnête et moins passionnée?

On reproche à la duchesse d'Orléans sa qualité d'étrangère et le culte qu'elle professe. On
voit encore là deux obstacles à ce qu'on lui
confère les attributs de la Régence.

Mais si elle honore Dieu dans des formes et

avec des pratiques qui diffèrent un peu des nôtres, elle est chrétienne. Mue par des sentiments de justice et de tolérance, elle professerait la religion de l'humanité (1). Sa qualité de protestante ne saurait donc être un empêchement sérieux.

Quant à son origine étrangère, elle ne doit pas inspirer beaucoup de crainte. On a vu la princesse abandonner son pays pour devenir Française, sans que cette résolution ait trouvé la moindre sympathie chez les souverains d'Allemagne, dont elle contrariait même les désirs secrets.

L'amour de la patrie native ne l'emporterait certainement pas sur celui qu'elle a voué à son pays d'adoption. Pour ne citer qu'un exemple qui nous paraît parfaitement s'appliquer ici, rappelons-nous qu'Anne d'Autriche, à qui l'on croyait une secrète préférence pour l'Espagne, n'a pas moins fait, pendant sa Régence, une guerre vive et soutenue à ce pays.

Si le gouvernement pouvait être rappelé à

(1) L'athéisme laisserait même à l'homme qui oserait le défendre le sens, la piété naturelle, les lois, la réputation.

sa véritable mission ; si, au lieu de s'immiscer dans les plus petits détails d'administration, de s'emparer d'une foule d'attributions qui énervent son action et paralysent tous les efforts de la société, il se bornait à exercer une haute et paternelle surveillance, un contrôle actif et éclairé sur les institutions sociales, les difficultés du gouvernement s'aplaniraient, et le rôle du chef de l'État recevrait par là une impulsion plus salutaire et plus féconde en heureux résultats.

Et pour ceux qui croient que le système représentatif, tel que nous le voyons institué, soit le seul convenable à la France, ne verraient-ils pas dans la Régence aux mains d'une femme une garantie de la vérité du système, et un préservatif contre le gouvernement personnel, qui a été l'objet de tant d'attaques?

Il ne serait d'ailleurs pas vrai de prétendre que la Régence des femmes est plus sujette aux troubles, aux conflits, que celle des hommes. Notre propre histoire donne un démenti à cette assertion. L'épreuve des Régences s'est souvent renouvelée en France, car vingt-quatre femmes ont été revêtues de ces fonctions, depuis le VIe siècle; et sur ces vingt-quatre femmes, nous voyons vingt et une mères de rois.

La Régence de la duchesse d'Orléans obtiendrait sans doute plus facilement la sympathie du peuple que la Régence du duc de Nemours, par exemple, qui ne s'est pas concilié au même degré l'affection des citoyens. Le caractère élevé de la princesse, la distinction de son esprit, sont d'ailleurs bien propres à lui assurer la majorité des suffrages.

Ne serait-ce pas aussi manquer de prudence, et commettre une faute politique, que de confier la Régence à un des membres de la branche cadette? Ne craindrait-on pas qu'il ne convoitât les prérogatives du trône, et ne devînt l'ennemi du roi?

Ah! ne mettons jamais les hommes aux prises avec leurs intérêts, leurs passions : ils remplissent mal le rôle qu'un défaut de sagesse et de prévoyance leur a confié; ils se montrent ou trop tièdes ou trop ardents; la position dans laquelle on les a placés est fausse et dangereuse. Faisons plutôt qu'ils développent le beau côté de leur nature, et gardons-nous bien de contrarier ses généreux instincts.

Mais, quelle que soit la résolution qui sera prise à l'égard de l'investiture de la Régence, vous ne pouvez pas enlever à la duchesse d'Orléans le droit de tutelle sur ses enfants et la direction de leur éducation. Or vous savez quelle est la puissance morale de la mère de famille. Celle-ci, du moins, vous ne la contesterez pas, bien qu'à nos yeux la valeur sociale de la femme soit, pour ainsi dire, aujourd'hui l'égale de l'autre.

Réunissez donc dans la même main les deux puissants attributs de la Régente et de la mère de famille, si vous voulez assurer l'unité gouvernementale et éviter les luttes intestines, les violences même qui naîtraient peut-être du système contraire. Mais souvenez-vous surtout que l'influence des femmes, dans toute société qui désire le progrès, peut seule faire germer et développer les sentiments qui honorent le plus l'humanité !

FIN.